To my only and beloved Sisi :)

♡

Marlen

Kima

18/1/2020

OLGA TOKARCZUK

Szafa

WYDAWNICTWO LITERACKIE

Szafa

Kiedy się tu sprowadziliśmy, kupiliśmy Szafę. Była ciemna, stara i kosztowała mniej niż przewiezienie jej z komisu do domu. Miała dwoje drzwi ozdobionych roślinnym ornamentem, a trzecie były oszklone i w szybie odbijało się całe miasto, gdy wieźliśmy ją wynajętą bagażówką. Trzeba ją było wiązać sznurkiem, żeby nie otworzyła się w czasie jazdy. Wtedy po raz pierwszy, stojąc przy niej z tym zapętlonym sznurkiem, miałam wrażenie własnej niedorzeczności. — Będzie pasowała do naszych mebli — powiedział R. i czule pogładził jej drewniane ciało, zupełnie jak krowę, którą kupuje się do nowego gospodarstwa.

Najpierw postawiliśmy ją w korytarzu — to miała być kwarantanna przed wejściem w świat naszej sypialni. Wstrzykiwałam w ledwie widoczne dziurki terpentynę, tę niezawodną szczepionkę przeciwko okruchom czasu. W nocy Szafa, przesadzona w nowe miejsce, jęczała skrzypieniem. Lamentowały umierające korniki.

W ciągu następnych dni porządkowaliśmy nasze nowe stare mieszkanie. W szparze podłogi znalazłam wciśnięty widelec z wygrawerowaną na uchwycie swastyką. Zza drewnianej boazerii wystawały resztki zetlałej gazety i właściwie rozpoznawalne było tylko jedno słowo: „proletariusze". R. otwierał szeroko okna, żeby zawiesić firanki, i wtedy wpadał do pokoju hałas górniczych orkiestr, które ciągnęły miastem ku wieczorowi. Pierwszej nocy, kiedy Szafa stała się uczestnikiem naszych snów, nie mogliśmy długo usnąć. Ręka R. bezsennie błądziła po moim brzuchu. A potem mieliśmy sen. Od tej pory zawsze miewamy wspólne sny. Śniła się nam absolutna cisza i że wszystko było w niej zawieszone jak dekoracje na wystawach sklepów, i że byliśmy w tej ciszy szczęśliwi, ponieważ byliśmy wszędzie nieobecni. Rano wcale nie musieliśmy sobie opowiadać tego snu — wystarczyło tylko jedno słowo. I od tej pory nie opowiadamy sobie snów. Któregoś dnia okazało się, że nie ma już nic do roboty w naszym mieszkaniu. Wszystko stało na swoim miejscu, wyczyszczone i poukładane. Grzałam plecy przy piecu i przyglądałam się serwetkom. W ich nicianym wzorze nie było jednak porządku. Ktoś szydełkiem robił dziury w ciągłości materii. Przez te otwory popatrzyłam na Szafę i przypomniał mi się tamten sen. To od niej płynęła ta cisza. Stałyśmy naprzeciwko siebie i to ja byłam tym, co kruche, ruchliwe i przemijające. Ona stanowiła po prostu samą siebie. W sposób doskonały była tym, czym jest. Dotknęłam palcami wyślizganej gałki i Szafa otworzyła się przede mną. Zobaczyłam cienie swoich sukienek i dwa wytarte garnitury R. — wszystko miało w ciemności taki sam kolor. W Szafie niczym nie różniła się moja kobiecość od męskości R. Nie miało też znaczenia, czy coś jest gładkie czy chropowate, owalne czy kanciaste, dalekie czy bliskie, obce czy swojskie. Zapachniało stamtąd innymi miejscami i czasem, który był mi obcy. Boże, a jednak coś przypominał, coś tak znajomego, tak bliskiego, że nie starczyłoby słów, żeby to nazwać (słowa potrzebują przecież dystansu do nazywania). Moja postać trafiła w zasięg lustra na wewnętrznej stronie drzwi. Odbiłam się w nim jako ciemny kształt, ledwie różniący się od sukienki wiszącej na wieszaku. Nie było różnicy między żywym i martwym. Tym więc byłam w jednym lustrzanym oku Szafy. Teraz wystarczyło tylko podnieść nogę i wejść do środka. Zrobiłam to. Usiadłam na reklamówkach z włóczką i usłyszałam wzmocniony zamkniętą przestrzenią swój własny oddech.

Kiedy umysł zostaje ze sobą sam na sam, zaczyna się modlić. Taka bowiem jest natura umysłu. „Aniele boży, stróżu mój" — zobaczyłam mojego anioła z twarzą tak piękną, że musiała być martwa, „ty zawsze przy mnie stój..." — jego woskowane skrzydła obejmują miłośnie przestrzeń wokół mnie. „Rano" — zapach kawy i jasne okna raniące zaspany wzrok, „wieczór" — spowalniający się czas, kiedy zachodzi słońce, „we dnie" — bycie staje się tym samym co doświadczanie, hałasem, ruchem, milionem czynności bez znaczenia, „w nocy" — bezwładne, osamotnione w ciemności ciało, „bądź mi zawsze do pomocy" — anioł strzegący dzieci, które idą nad przepaścią. „Strzeż, broń mojej duszy i ciała mego" — tekturowe paczki z napisem OSTROŻNIE, KRUCHE, „i doprowadź mnie do żywota wiecznego, amen" — wiszące w półmroku Szafy sukienki.

I odtąd codziennie Szafa wciągała mnie w siebie, była wielkim lejem w naszej sypialni. Najpierw przesiadywałam w niej późne popołudnia, kiedy nie było R. w domu. Potem robiłam z rana tylko najpotrzebniejsze rzeczy, zakupy, nastawienie prania, jakiś telefon i wchodziłam do Szafy, cicho zamykając za sobą drzwi. W środku nie miało znaczenia, jaka jest pora dnia, jaka pora roku, jaki rok. Zawsze było aksamitnie. Karmiłam się własnym oddechem.

Kiedyś obudziłam się w nocy z jakiegoś snu, ciężkiego jak duszne powietrze, i pragnęłam Szafy jak mężczyzny. Musiałam splątać ręce i nogi z ciałem R., musiałam trzymać się go kurczowo, żeby móc zostać. R. mówił przez sen, ale jego słowa nie miały sensu. I w końcu którejś nocy obudziłam go. Nie chciał wychodzić z ciepłego łóżka. Pociągnęłam go za sobą i stanęliśmy przed Szafą. Była niezmienna, potężna i kusząca. Dotknęłam palcami śliskiej gałki i Szafa otworzyła się przed nami. Było w niej dość miejsca na cały świat. Wewnętrzne lustro odbijało nas dwoje, wyplątując z ciemności nasze kształty. Nasze oddechy, najpierw nierówne i urywane, znalazły jeden rytm i nie było między nami żadnej różnicy. Usiedliśmy w Szafie naprzeciwko siebie. Twarze zasłoniły nam wiszące ubrania. Szafa zamknęła za nami drzwi. Tak w niej zamieszkaliśmy.

Na początku R. wychodził gdzieś na zewnątrz, jakieś zakupy, jakaś praca. Ale potem ten wysiłek stał się zbyt bolesny. Dni zrobiły się dłuższe. Z ulic dochodzi czasem przytłumiona muzyka górniczych orkiestr. Słońce znika i wraca, a wtedy okna próbują bezskutecznie wciągnąć je do wewnątrz. Meble, serwetki i porcelanę pokrywa coraz grubsza warstwa kurzu, a nasze mieszkanie wciąż tonie w ciemnościach.

1987

Numery

W hotelu

„Capital" zatrzymują się tylko ludzie bogaci. Dla nich istnieją portierzy w liberiach, smukłonodzy, wyfraczeni kelnerzy z hiszpańskim akcentem, dla nich bezszelestne windy całe w lustrach, dla nich mosiężne klamki bez prawa zatrzymania odcisków palców, dwa razy dziennie pucowane przez drobną Jugosłowiankę, dla nich wyściełane dywanami schody, których używają tylko wtedy, gdy dopada ich klaustrofobia windy, dla nich wielkie kanapy, ciężkie, pikowane kapy, śniadania w łóżku, klimatyzacja, bielsze niż śnieg ręczniki, mydła, pachnące szampony, dębowe sedesy, świeże czasopisma, dla nich Bóg stworzył Angela od Brudnej Bielizny i Zapatę od Specjalnych Zamówień, dla nich śmigające po korytarzach pokojówki w biało-różowych mundurkach, a wśród nich ja. Ale być może „ja" to za wiele powiedziane, niewiele zostaje ze mnie, gdy w kantorku na końcu korytarza przebieram się w pasiasty fartuszek. Zdejmuję przecież moje własne kolory, moje bezpieczne zapachy, ulubione kolczyki, mój waleczny makijaż i buty na wysokich obcasach. Zdejmuję także mój egzotyczny język, moje dziwaczne imię, rozumienie kawałów, zmarszczki mimiczne, upodobanie do niebywałych tutaj potraw, pamięć drobnych zdarzeń — i staję naga w tym biało-różowym mundurku, jakbym stanęła nagle w morskiej pianie. I od tego momentu

Moje jest całe drugie piętro

w każdy weekend. Przychodzę na ósmą i nie muszę się spieszyć, bo o ósmej wszyscy bogaci ludzie jeszcze śpią. Hotel hołubi ich w sobie, kołysze bezpiecznie, jakby był wielką muszlą w środku świata, a oni drogocennymi perłami. Gdzieś daleko budzą się samochody, a podziemne metro wprawia w delikatne drżenie czubki traw. Hotelowe podwórko zalega jeszcze chłodny cień.

Wchodzę drzwiami od podwórza i od razu czuję ten dziwny zapach zmieszanych ze sobą środków czyszczących, wypranej bielizny i murów, które pocą się od nadmiaru ciągle zmieniających się ludzi. Winda, pół na pół metra, zatrzymuje się przede mną gotowa do usług. Naciskam guzik czwartego piętra i jadę do mojej przełożonej Miss Lang po dyspozycje. Zawsze między drugim a trzecim piętrem muska mnie w twarz coś podobnego do paniki, że winda zatrzyma się i że zostanę na zawsze, jak bakteria, uwięziona w ciele hotelu „Capital". A gdy Hotel się obudzi, zacznie mnie niespiesznie trawić, dobierze się do moich myśli i wchłonie wszystko to, co jeszcze ze mnie zostało, pożywi się mną, zanim bezgłośnie zniknę. Lecz winda litościwie wypuszcza mnie na zewnątrz.

Miss Lang siedzi za swoim biurkiem, a okulary trzymają się jej na czubku nosa. Tak powinna wyglądać królowa wszystkich pokojówek, prezydentowa ośmiu pięter, szafarka setek prześcieradeł i poszewek, szambelanowa dywanów i wind, koniuszy szczotek i odkurzaczy. Patrzy na mnie znad szkieł i wynajduje kartkę przeznaczoną specjalnie dla mnie, a na niej w rubrykach i okienkach diagnoza całego drugiego piętra, stan każdego pokoju. Miss Lang nie zauważa gości w Hotelu. Może są ważni dla wyższego jeszcze personelu, choć trudno sobie wyobrazić, że może być ktoś ważniejszy, bardziej dystyngowany niż Miss Lang.

Dla niej Hotel jest pewnie doskonałą strukturą, żyjącym, acz nieruchomym bytem, o który my musimy dbać. Jasne, że przelatują, przepływają przez niego ludzie, zagrzewają miejsca w jego łóżkach, piją wodę z jego mosiężnych sutków. Ale oni przemijają, odchodzą. My i Hotel zostajemy. Dlatego Miss Lang opisuje mi pokoje, jakby były miejscami nawiedzonymi — zawsze w trybie biernym: zajęty, brudny, opuszczony, wolny od kilku dni. Patrzy przy tym z niechęcią na moje cywilne ciuchy, na ślad spiesznego makijażu. A ja już z karteczką zapisaną pięknym, nieco wiktoriańskim pismem Miss L. idę korytarzem, obmyślając strategie, rozkładając siły.

Wtedy to bezwiednie przechodzę z części gospodarczej do Części dla Gości. Poznaję to po zapachu — muszę podnieść głowę, żeby go rozpoznać. Czasem mi się to udaje: pachnie męskim armanim albo lagerfeldem, albo rozkosznie eleganckim boucheronem. Znam te zapachy z tanich próbek w „Vogue", wiem, jak wyglądają flakoniki. Także pudrem, kremem przeciw zmarszczkom, jedwabiem, krokodylą skórą, campari rozlanym na pościel, papierosami marki „Caprice" dla subtelnych szatynek. To jest właśnie ten swoisty zapach drugiego piętra. A raczej nie cały zapach; raczej pierwsza warstwa swoistego zapachu drugiego piętra, którą poznaję jak starego znajomego, gdy tak podążam do mojej kanciapy, gdzie następuje

Przemiana

Ja w różowo-białym mundurku już inaczej patrzę na korytarz. Nie szukam zapachów, nie przyciągają mnie własne odbicia w mosiężnych klamkach, nie wsłuchuję się we własne kroki. Teraz w perspektywie korytarza interesują mnie ponumerowane prostokąty drzwi. Za każdym z ośmiu tych prostokątów jest pokój — czworokątna sprostytuowana przestrzeń, która co kilka dni oddaje się komu innemu. Okna czterech z nich wychodzą na ulicę, gdzie zawsze stoi brodaty facet w szkockim stroju i gra na kobzie. Podejrzewam, że to fałszywy Szkot. Za wiele w nim entuzjazmu. Przy nim — kapelusz i moneta, która ma przyciągnąć sobie podobne.

Następne cztery pokoje z oknami na podwórko nie są już tak słoneczne i zawsze kąpią się w mroku. Wszystkie osiem pokoi tkwi w moim mózgu, chociaż ich jeszcze nie widzę. Moje oczy dostrzegają tylko klamki. Na niektórych z nich wisi kartonik „Don't disturb". Cieszę się, bo nie jest w moim interesie przeszkadzać ani ludziom, ani ich pokojom, i wolę, żeby oni nie przeszkadzali mi w kontemplacji posiadania drugiego piętra na własność. Czasem kartonik oznajmia: „The room is ready to be serviced". Ten napis stawia mnie w stan gotowości. I jest jeszcze trzeci rodzaj informacji: brak informacji. To mnie energetyzuje, nieco niepokoi i włącza moją uśpioną do tej pory inteligencję pokojówki. Czasem, gdy cisza zza takich drzwi jest zbyt wyraźna, muszę przyłożyć do nich ucho i słuchać w napięciu, a nawet zaglądnąć przez dziurkę od klucza. Wolę to niż nagłe znalezienie się z naręczem ręczników wewnątrz i natknięcie się na przerażonego, zasłaniającego nagość gościa lub, co gorzej, ujrzenie gościa pogrążonego w bezradnym śnie tak głęboko, że aż znika.

Dlatego ufam kartonikom na drzwiach. One są wizą, która daje wejście w miniaturowy świat,

Świat numerów

Pokój 200 jest pusty, łóżko pogniecione, trochę śmieci i gorzki zapach czyjegoś pośpiechu, przewracania się na łóżku, gorączkowego pakowania. Ten ktoś musiał wyjechać wcześnie rano, zapewne spieszył się na lotnisko, może na dworzec. Moim zadaniem jest usunięcie śladów jego obecności z łóżka, dywanu, szaf, szafeczek, łazienki, tapet, popielniczek, powietrza. To wcale nie jest proste. Nie wystarczy zwykłe sprzątanie. Resztki zostawionej tu osobowości poprzedniego gościa trzeba zwalczyć swoją bezosobowością. Po to jest Przemiana. Resztki odbić tamtej twarzy w lustrze nie tylko muszę zetrzeć szmatką, ale także zapełnić lustro moją biało-różową beztwarzowością. Tamten zapach zostawiony przez roztargnienie i pośpiech muszę zagłuszyć moim bezzapachem. Po to tu jestem jako osoba oficjalna, a przez to w ogóle mało konkretna. I właśnie to robię. Najgorzej jest z kobietami. Kobiety zostawiają po sobie więcej śladów i chodzi nie tylko o to, że zapominają drobiazgów. One instynktownie próbują przerabiać hotelowe pokoje na namiastki domów. Ukorzeniają się, gdzie tylko mogą, jak niesione wiatrem nasiona. W hotelowych szafach wieszają jakieś zapiekłe tęsknoty; w łazienkach, w sposób bezwstydny, zostawiają swoje pożądanie i opuszczenie. Na szklankach i ustnikach papierosów lekkomyślnie porzucają ślad swoich ust; w wannie — włosy. Podłogi zasypują talkiem, który, jak zdrajca, odkrywa tajemnicę śladów ich stóp. Niektóre z nich, kładąc się spać, nie zmywają makijażu i wtedy poduszka, ta hotelowa chusta Weroniki, pokazuje mi ich twarze. Nie zostawiają jednak napiwków. Do tego potrzebna jest pewność siebie mężczyzn. Dla mężczyzny świat jest bowiem zawsze bardziej bazarem niż teatrem. Oni wolą za wszystko zapłacić, nawet na zapas. Tylko wtedy są wolni, gdy płacą. Następny jest

Numer 224, w którym mieszka para Japończyków

Są tutaj dość długo i w ich pokoju czuję się znajomo. Wstają wcześnie rano, zapewne by w nieskończoność zwiedzać muzea, galerie, sklepy, zwielokrotniać miasto w fotografiach, przemykać cicho i grzecznie ulicami i ustępować miejsca w metrze.

Pokój, który zajmują, jest elegancką dwójką. Wygląda jednak, jakby nie był zamieszkany w jakimkolwiek sensie. Nie ma tu rzeczy zostawionych przez przypadek na komodzie pod lustrem. Nie używają telewizji ani radia, nie ma śladów palców na mosiężnej tablicy z przełącznikami. Nie ma też wody w wannie, kropelek na lustrze, paprochów na dywanie. Poduszki nie hołubią kształtu ich głów. Do mojego mundurka nie lgną ich pogubione czarne włosy. I, co już niepokoi, nie ma ich zapachów. Pachnie tylko hotel „Capital".

Przy łóżku widzę dwie pary sandałów, czyste i schludne, porządnie ustawione, na chwilę zwolnione ze służby stopom. Jedne duże, drugie mniejsze. Na szafce leży przewodnik, biblia każdego turysty, a w łazience ułożone przybory toaletowe — funkcjonalne, dyskretne. Prześcielam więc tylko łóżko i robię przy tym tyle bałaganu co oni przez miesiąc.

Wzruszam się, kiedy tu sprzątam, bo zdumiewa mnie, że można być w sposób, jakby się w ogóle nie było. Przysiadam na krawędzi łóżka i chłonę tę ich nieobecność. Wzrusza mnie także to, że Japończycy zawsze zostawiają niewielki napiwek — porządnie ułożone monety na poduszce, które muszę wziąć. To rodzaj listu, informacji. To taka nasza korespondencja: oni mi ten napiwek, jakby przepraszali, że mnie tak mało sobą zajmują, opłata za brak zgiełku, że nie dostosowali się do tego chaosu wokół. Martwią się, że może mnie to rozczarować, rozgniewać. Ten mały napiwek jest wyrazem ich wdzięczności, że pozwalam im być tak, jak umieją, tak, jak chcą. Staram się docenić ten ich sposób spotykania się ze mną — ścielę im to łóżko z miłością. Wygładzam poduszki, pieszczę prześcieradła, których oni nie są w stanie pognieść, jakby ich drobne ciała były mniej materialne niż ciała innych.

Robię to wolno, z namaszczeniem, czuję, że daję. Rozpływam się w dawaniu; zapominam się w sobie. Pieszczę ich pokój, muskam czule rzeczy. I pewnie oni to czują na swojej skórze teraz, gdy jadą metrem do kolejnego muzeum, na następną wyprawę w nierozpoznawalne miasto. W oczach rozkwita im na chwilę obraz hotelowego pokoju, niejasna tęsknota, nagła chęć powrotu, lecz ani śladu mnie. Moja miłość, którą oni nazwaliby pewnie współczuciem, nie ma twarzy, nie ma ciała w biało-różowym mundurku. Zostawiają więc napiwek nie mnie, ale pokojowi, za jego milczące trwanie w przestrzeniach świata, za jego stałość w niczym nie wytłumaczonej niestałości. Dwie monety zostawione na poduszce przytrzymują do wieczora złudzenie, że takie pokoje istnieją nawet wtedy, gdy się na nie nie patrzy. Dwie monety rozwiewają jedynie istotny lęk — że świat istnieje tylko w patrzeniu na świat, a więcej nic nie ma.

Siedzę tak i wącham chłód i pustkę tego pokoju, pełna szacunku dla pary Japończyków, których znam tylko z niematerialnego kształtu stopy w opuszczonych sandałach.

Zaraz jednak muszę odejść z tej małej świątyni. Robię to cicho, jakbym wzdychała i schodzę na półpiętro, bo właśnie jest

Czas na herbatę

Biało-różowe księżniczki innych pięter już siedzą na schodach, gryząc ociekające masłem tosty i popijając je kawą. Koło mnie siada Maria, która ma urodę Indianki, dalej Angelo od Brudnej Bielizny i Pedro — chyba od Czystej, bo jest taki poważny. Ma szpakowatą brodę i gęste, czarne włosy. Mógłby być misjonarzem, zakonnikiem werbistą, który przysiadł na schodach w swoich natchnionych podróżach. Na dodatek czyta „Władcę much" i podkreśla niektóre słowa ołówkiem, a niektóre popija kawą.

— Pedro, jaki jest twój ojczysty język? — pytam.

Podnosi głowę znad książki, chrząka, jakby się obudził, widać, że tłumaczy sobie w głowie moje pytanie na ten swój język. Poznać to po jego chwilowej nieobecności. Musi mieć czas, żeby wrócić tam gdzieś głęboko w siebie, rozejrzeć się, nazwać ten podstawowy w sobie rytm, określić go jednym słowem, przetłumaczyć słowa i wreszcie je wypowiedzieć.

— To kastylijski.

Nagle czuję się onieśmielona.

— A gdzie jest ta Kastylia? — pyta Ana, Włoszka.

— Kastylia-Bastylia — mówi filozoficznie Wesna, śliczna Jugosłowianka.

Pedro rysuje ołówkiem jakiś kontur i potykając się o słowa, sięga do zamierzchłych czasów, kiedy ludzie z jakichś powodów przemierzali ogromne obszary tego, co dziś nazywamy Europą i Azją. W swoich wędrówkach mieszali się i osiedlali, a potem ruszali dalej, niosąc ze sobą własne języki jak sztandary. Tworzyli wielkie rodziny, chociaż nie znali się nawzajem, a jedynymi trwałymi rzeczami w tym wszystkim były słowa.

Zapalamy papierosa, podczas gdy Pedro robi wykresy, udowadnia podobieństwa i wyciąga ze słów rdzenie, jakby drylował wiśnie. Dla tych, co rozumieją ten wykład, powoli staje się jasne, że wszyscy, jak tu siedzimy na tych schodach, pijąc kawę i jedząc tosty, wszyscy mówiliśmy kiedyś tym samym językiem. No, może nie wszyscy. Nie śmiem pytać o mój język, a i Myrra z Nigerii udaje, że nie rozumie. I gdy Pedro rozpościera nad nami ciemną, skłębioną chmurę prehistorii, wszyscy chcemy się pod nią wcisnąć.

— Niby jakaś wieża Babel — sumuje Angelo.

— Tak można by to ująć — kiwa smutno głową Kastylijczyk Pedro.

A oto i Margaret. Przybiega spóźniona, jak zwykle. Jej zawsze brakuje czasu, zawsze jest gdzieś w tyle. Margaret jest moja; mówi tym samym językiem, więc jej jasna, zaróżowiona wysiłkiem twarz wydaje mi się radośnie bliska. Nalewam jej herbaty i smaruję tosta masłem.

— Cześć — szeleści i to staje się znakiem do rozpadu rozmowy na wszelkie możliwe języki.

I już wszystkie różowo-białe panny szumią po swojemu; słowa jak klocki terkocą, spadając po schodach w dół do kuchni, pralni, magazynów z bielizną. Słychać, jak wibruje od nich fundament hotelu „Capital".

Niestety, przerwa już się kończy i trzeba wracać na swoje piętro, gdzie czeka przecież

Reszta pokoi

Rozchodzimy się rozgadane, ale zaraz długie korytarze narzucają nam milczenie. I tak już będzie. Milczenie — ta cnota pokojówek we wszystkich hotelach świata.

226 wygląda na świeżo zamieszkany. Walizki jeszcze nie rozpakowane, gazeta nie ruszona. Mężczyzna (bo męskie kosmetyki w łazience) jest pewnie Arabem (arabskie napisy na walizce, arabska książka). Ale zaraz myślę: co mnie obchodzi, skąd jest kolejny gość Hotelu i co tu robi. Ja się spotykam z jego rzeczami. Człowiek jest ledwie powodem, dla którego te wszystkie rzeczy znalazły się tutaj, tylko figurą, która przemieszcza rzeczy w czasie i przestrzeni. W gruncie rzeczy wszyscy jesteśmy gośćmi rzeczy tak małych jak ubrania i tak wielkich jak hotel „Capital". Ten Arab i Japończycy, i ja, i nawet Miss Lang. Nic się nie zmieniło od czasów, o których opowiadał

Pedro. Inaczej wyglądają hotele i bagaże, ale podróż trwa dalej.

W pokoju nie ma wiele do roboty. Gość musiał przyjechać w nocy, nawet nie kładł się do łóżka. Teraz wyszedł pewnie w interesach, a rozpakuje się, kiedy wróci. Albo dalej pojedzie w świat, dając się zwodzić podróżom swoich rzeczy. W łazience zauważam z satysfakcją, że się nie mył, a zamiast papieru toaletowego używał serwetek do twarzy.

Musiał być zdenerwowany albo nieuważny, co na jedno wychodzi. Musiał nagle poczuć się obco, gdy taksówka przywiozła go tu w nocy z lotniska. W takich razach przychodzi znienacka ochota na seks. Nic tak nie oswaja świata jak seks. Pewnie wymknął się szybko na poszukiwanie ciał kobiecych czy męskich, tych wątłych łódek, które bezboleśnie przewożą przez każdy niepokój, każdy lęk.

Pokój 227 jest taki sam jak 226. Taka sama jedynka. Tylko tutaj gość mieszka od dłuższego czasu. Nie pamiętałabym tego, gdyby nie ten sam zapach papierosów, alkoholu i bałaganu. I to samo pobojowisko, które mnie przeraża. Porozstawiane wszędzie szklanki z nie dopitymi drinkami, popiół z papierosów, rozlany sok, kubeł na śmieci pełen butelek po wódkach, tonikach, koniakach. Zapach zamkniętego kręgu i beznadziejności. Otwieram okno, włączam klimatyzację, ale to pogłębia jeszcze bardziej atmosferę sytuacji bez wyjścia, pokazuje bowiem kontrast między tym, co świeże i zdrowe, a tym, co zatęchłe i chore. Ten facet (kilkadziesiąt krawatów przewieszonych przez drzwi od szafy) jest inny niż reszta gości. Nie tylko przez to, że pije i bałagani, ale przez to, że się zapomina. Nie pilnuje granic pokazywania się i wyrażania przez swoje rzeczy. Nie dba o pozory. Przelewa cały swój wewnętrzny rozgardiasz i oddaje to w ręce kogoś takiego jak ja. Czuję się tu pielęgniarką i nawet to mi się podoba. Opatruję łóżko zranione nocną bezsennością, zmywam rany od soków z blatu stołu, wyciągam butelki z ciała pokoju, jakbym wyciągała ciernie. Nawet odkurzanie to przemywanie ran. Na fotelu porządnie układam nowiutkie i drogie zabawki, kupione pewnie wczoraj — pluszowe przejawy bolesnego poczucia winy. Ten facet musiał długo stać przed lustrem i przymierzać krawaty. Może nawet zmieniać garnitury, lecz każda odmiana siebie była mu wstrętna. Potem poszedł do łazienki — na umywalce stoi nie dopity drink. Był niezdarny i bezradny, wylał szampon na posadzkę i próbował go zetrzeć białym ręcznikiem. Wybaczam mu to. Usuwam te jego potknięcia. Układam jego kosmetyki. Wiem, że boi się zestarzeć. Oto krem przeciw zmarszczkom, puder, woda toaletowa najlepszej marki. Jest także róż i kredka — do oczu. Codziennie rano, przerażony obcością swojej twarzy, musi stawać przed lustrem i drżącymi rękami przywracać jej dawny wygląd. Chwieje się, niedowidzi, przysuwa się do lustra, mażąc je palcami. Wylewa szampon, klnie, chce go wytrzeć, a potem po angielsku, francusku czy niemiecku mówi: „Sram na to". I już chce wyjść na świat taki, jaki jest, ale kiedy widzi się w lustrze, kapituluje, wraca i kończy makijaż. Fluid skrywa zmarszczki rozczarowania wokół ust i ciemniejsze cienie pod oczami, znaki tego, że nie sypia po nocach, i ciemniejsze plamy na brodzie, dowód, że bierze leki. Ślad kredki do oczu fałszuje czerwień spojówek. W końcu udaje mu się wyjść, a jak wróci, powinien zastać łazienkę bez śladów swojego upadku. I ja jestem tu po to, żeby mu wybaczyć. W pewnym momencie przychodzi mi nawet do głowy, żeby zostawić kartkę, na której napisałabym tylko: „Wybaczam ci", a on przyjąłby te słowa, jakby je napisała sama Opatrzność, i wróciłby tam, gdzie dzieci czekają na te pluszowe zabawki, gdzie krawaty mają swoje miejsce w szafach, gdzie można z zapuchniętą od picia twarzą, z drinkiem w dłoni wyjść na taras i krzyknąć światu pełnym głosem: „Sram na ciebie!”.

Ale to rzeczywistość jest Opatrznością i jeżeli dzieje się tak, jak się dzieje, to zapewne ma to jakiś głęboki sens. Zostawiam pokój gotowy na przyjęcie swojego zawsze tymczasowego lokatora.

Na korytarzu mijam Angela niosącego worki z brudną bielizną. Uśmiechamy się do siebie. Otwieram drzwi pokoju 223 i pierwszy rzut oka pozwala mi stwierdzić, że w pokoju tym mieszkają

Młodzi Amerykanie

Żadna z nas nie lubi bowiem sprzątać pokoi, w których mieszkają młodzi Amerykanie. Nie są to żadne uprzedzenia. Nie mamy nic przeciwko Ameryce, nawet ją podziwiamy i tęsknimy do niej, choć wiele z nas nigdy jej nie widziało. Ale młodzi ludzie, którzy zatrzymują się w hotelu „Capital”, robią bezmyślny, głupi bałagan, bałagan, w którym nie ma sensu, nie ma prawdziwego znaczenia. Jest to bałagan nieuczciwy, bo nie daje żadnej satysfakcji ze sprzątnięcia go. Właściwie nie można go sprzątnąć; nawet gdy poustawia się wszystko porządnie i po kolei, gdy wymyje się plamy i ślady błota, gdy wygładzi się wszystkie zmarszczki na kapach i poduszkach, gdy wywietrzy się skłębione zapachy, to ten bałagan zniknie tylko na chwilę, a raczej schowa się gdzieś pod spód i tam będzie czekał na powrót swoich właścicieli. Obudzi go po prostu zgrzyt klucza w zamku i wtedy rzuci się na pokój.

Taki bałagan mogą zrobić tylko dzieci: obrana do połowy pomarańcza na pościeli, kubki do mycia zębów pełne soków, rozdeptana tubka pasty na dywanie. Ścinki papierów porozkładane jak kolekcja, metki od ubrań z najlepszych sklepów, poduszki wciśnięte do szafy, złamany na pół hotelowy ołówek, rzeczy z walizki wysypane na fotel, zaadresowane widokówki bez tekstu pozdrowień, włączony telewizor, zawinięte firanki, skarpety i majtki suszące się na klimatyzacji, wysypane papierosy, popielniczki pełne pestek od arbuza.

Pokój, w którym mieszkają Amerykanie, jest ośmieszony, odarty ze swej powagi, protekcjonalnie niby-zaprzyjaźniony. Właśnie piękny różowo-beżowy 223 jest sprofanowany w ten sposób. Wygląda jak poważny starszy dżentelmen przebrany za pajaca.

Kiedy tu wchodzę, boli mnie. Stoję przez chwilę bez ruchu i oceniam rozmiary tego pogromu. Pokój wygląda jak małe pole walki. Te jedwabne drogie sukienki przerzucone niedbale przez poręcze fotela, zapach luksusowych perfum, beztroski, bogactwa, tężyzny fizycznej, zapach metra dziewięćdziesiąt osiem, nieliczenia się z porządkiem, który jest integralną częścią rzeczy. Cała ta nerwowa aktywność, niezauważanie teraźniejszości i brak zrozumienia, że to ona jest zalążkiem świętej przyszłości — budzi we mnie lęk. To jest jedna strona w tej walce. Po drugiej stronie jest stabilny, konkretny, teraźniejszy i niezmienny pokój 223. I ja staję po stronie pokoju.

Powoli i systematycznie zabieram się do układania rzeczy, ale Rzeczy Prywatnych nie ruszam. Być może są już przyzwyczajone do bycia nie na swoich miejscach.

Czas płynie tu skokami i robię się coraz bardziej niespokojna. Telewizor brzęczy, stacja CNN zarzuca mnie wiadomościami z brzęczącego świata, a świat zapewnia stację CNN, że gdzieś tam istnieje, zawsze pełen młodych Amerykanów. Mój niepokój rośnie, gesty stają się zamaszyste i wyczerpujące, zaczynam się spieszyć, zaczynam patrzeć na zegarek, zaczynam wychodzić z momentu „teraz" i stawać już jedną nogą w momencie „potem". Klnę sama do siebie: „Shit!". Śpiewam: „Yankee Doodle went to town...". Zostawiam mokrą ścierkę na drewnianym blacie stolika. To straszne zaniedbanie, drewno odbarwia się od wilgoci. Zaczynam się zarażać. Muszę uciekać do łazienki, gdzie już nie czuć tego zgiełku, a kiedy powoli udaje mi się ogarnąć porozrzucane ręczniki, gąbki, mydła i flakony, kiedy mogę zamknąć drzwi do łazienki i skupić się na szczegółach, robi się całkiem cicho.

Łazienka jest podszewką pokoju, spodnią stroną życia. W wannie po kąpieli zostają włosy, zmyty ze skóry brud osiada na ściankach. Kosz jest pełen zużytych tamponów, serwetek i wacików. Oto golarka do golenia nóg, oto lusterko do wyciskania wągrów i robienia makijażu kryjącego wszystkie niezdecydowania. Oto talk przeciw poceniu się stóp, oto przyrządzik do robienia lewatywy i kosmetyczka z prezerwatywami. Łazienka nie potrafi przemilczeć tej drugiej strony życia. Uprzątam łazienkę z grubsza, bo może nawet boję się zniszczyć te sakralne dowody przemijalności ludzi, którzy tu mieszkają. Może powinni wiedzieć. Może nie mieli okazji tego zobaczyć w telewizji, w dziennikach, które mieszają wszystko ze wszystkim, kładą jedno na drugie, jak w hamburgerze, może nie uczono ich tego w szkole, nie było tego w filmach, Armstrong nie znalazł tego na Księżycu. Że rozpadamy się z każdą chwilą. Żyjąc, umieramy. Tak samo oni, jak i ja.

To mnie do nich zbliża, do tych bogatych, energicznych Amerykanów, tak ode mnie różnych. Mają przecież swój niewyobrażalny kraj, inny rytm, pomarańczowy sok na każde śniadanie i język, którym mówi cały świat. Dwa tysiące lat temu byliby Rzymianami, a ja mieszkałabym na prowincji, odległych rubieżach Imperium, w jakiejś Galii, w jakiejś Palestynie. Ale oni i ja mamy ciało z tej samej gliny, a może z tego samego prochu, ciało, które gubi włosy, starzeje się i marszczy, i zostawia na gładkich krawędziach wanny wianuszek brudu. Kiedy kładę czyste ręczniki i wieszam nowe płaszcze kąpielowe, mam tak głębokie poczucie wspólnoty w naszej marności, że aż zastygam w bezruchu. To samo zdarza mi się, gdy na przykład w łóżku bogatej i pewnej siebie kobiety, która przyjechała na ważny kongres naukowy, znajduję wytartego, starego misia ubranego w niemowlęce ciuszki. Albo gdy w apartamencie jakiegoś Wielkiego Człowieka Sukcesu pościel jest wilgotna od potu. To Strach ściele im łóżka — ta koścista pokojówka. Chwała Bogu, że istnieje. Bez niej byliby jak starzy bogowie — silni, pewni siebie, pyszni i głupi. A teraz, kiedy tak leżą w swoich łóżkach po dniach pełnych interesów, pieniędzy, wycieczek, zakupów, ważnych spotkań i nie mogą usnąć, i kiedy wpatrują się w skomplikowany wzór tapety na ścianie, ich zmęczone oczy zaczynają dostrzegać w tym rytmicznym wzorze jakąś rysę, dziurę, niekonsekwencję. Zaczynają widzieć tam zadrapanie, odbarwienie, ten rodzaj kurzu, którego nie da się zetrzeć, brudu, którego nie da się zmyć. W takich momentach dywany łysieją jak chore kobiety, a w doskonałości tiulowej firanki tkwi wypalona papierosem dziurka. Atłas poduszek rozłazi się w szwach, rdza dobiera się do klamek i okuć. Krawędzie mebli ścierają się, plączą się frędzle przy zasłonach. Wtedy pled traci swą sprężystość i flaczeje ze starości. Cuchnie kurzem. Nawet wiem, co ci ludzie wtedy robią. Wstają, potrząsają głową i wypijają mocnego drinka lub łykają tabletkę na sen. Leżąc z zamkniętymi oczami, liczą barany, aż ich zagrożone myśli wybawi sen. Rano ta chwila z nocy wyda im się nierealna i nieodróżnialna od męczących snów. Czyż każdy nie miewa ich co jakiś czas?

Stoję oparta o łazienkowe drzwi. Praca skończona. Chce mi się palić.

Mam teraz do wyboru dwa pokoje: 228 i 229. Decyduję się na 229, którego kabalistyczna suma cyfr wynosi

Trzynaście

To cyfra nadmiaru i oszustwa, i taki też jest ten pokój, bowiem pokój 229 ma właściwości. Przyciąga, obiecuje, niesie niespodzianki. Sam w sobie jest niby podobny do innych: z prawej strony łazienka, krótki korytarzyk i cała reszta z łóżkiem nakrytym brązową kapą, z tapetami w odcieniach szarości, kwiecistymi zasłonami, komodą i lustrem. A jednak sprawia wrażenie bardziej pustego niż wszystkie inne. Tutaj słyszę mój własny oddech, widzę moje dłonie napęczniałe od wody, mniej przypadkowo odbijam się w lustrach. Zawsze gdy wchodzę do tego pokoju, sztywnieję z napięcia. W zeszłym tygodniu mieszkała tu para kochanków, może młodych małżonków. Wzburzyli łóżko, porozrzucali ręczniki, rozlali szampana. Zostały po nich żółte plamy na prześcieradle, ogromny kosz kwiatów, świadectwo miłosnych przysiąg. Z żalem musiałam go wyrzucić. Ten pokój trudniej jest doprowadzić do stanu nagłej gotowości, bo ma on swoją twarz. Przyjmuje ludzi z zamysłem. Podejrzewam, że po pierwszej spędzonej w nim nocy łapie ich w swoje sidła, niepokoi snami, przytrzymuje na dłużej, wzbudza pragnienia i burzy plany. Dwa tygodnie temu jego mieszkańcy zapomnieli zakręcić kurki w łazience. Woda wylała się na korytarz, zalała puszyste dywany, podmyła złocone tapety. Przerażeni goście stali zawinięci w prześcieradła, a personel latał ze ścierkami.

— Nic się nie stało! Nic się nie stało! — powtarzał Zapata, wykręcając mokre ścierki, lecz jego twarz mówiła co innego — że stało się straszne — głupi, bezmyślni ludzie podnieśli rękę na hotel „Capital".

I zawsze od takich wydarzeń jest właśnie 229.

Ten pokój jest inny, to pewne. Myślę, że wiedzą o tym w recepcji, bo częściej pozwalają mu zostać pustym. Cały ruch kierują na pokoje o niższych numerach, na początek korytarza, żeby było bliżej windy, bliżej schodów, bliżej świata.

Gdy pokój stoi pusty, ja muszę tylko sprawdzić, czy wszystko jest w nim w porządku, czy nie zebrał się kurz na meblach, czy działa klimatyzacja. Robię to szczególnie uważnie. Wygładzam kapę, sprawdzam krawędzie boazerii, wietrzę, a potem przysiadam na chwilkę w fotelu i wsłuchuję się we własny przyspieszony oddech. Pokój otacza mnie sobą, obejmuje. Jest to najczulsza, niedotykalna pieszczota, tak może pieścić tylko zamknięta przestrzeń. W takich momentach czuję wyraźnie, że moje ciało istnieje i wypełnia po brzegi różowo-biały mundurek. Czuję kołnierzyk na szyi i zimno błyskawicznego zamka między piersiami. Czuję, jak troki fartuszka ciasno opasują mnie w talii. Czuję moją skórę, jak żyje, ma swój zapach, paruje, i czuję włosy, jak muskają uszy. Lubię wtedy wstać i zobaczyć się w lustrze, i nigdy nie jest tak, żebym się nie dziwiła. To ja? To ja? Dotykam palcami twarzy, naciągam skórę na policzkach, mrużę oczy, mocniej ściągam gumką włosy. Tak się sobie zresztą śnię — zawsze w lustrze, zawsze z inną twarzą.

Stoję i marzę, żeby się wykąpać w sterylnie czystej wannie, wytrzeć w te białe ciepłe ręczniki, a potem wyciągnąć się na brązowej kapie i słuchać w spokoju, jak oddychamy — ja i pokój, pokój i ja.

Ale dziś 229 jest zamieszkany i na klamce wisi karteczka, że pokój jest gotowy do sprzątania. Otwieram moim kluczem drzwi i wchodzę, taszcząc ze sobą pudełko z przyborami. I staję kompletnie zaskoczona, bo pokój nie jest pusty. Przy biurku siedzi facet nad klawiaturą notebooka. Odzyskuję głos, przepraszam i chcę wyjść, myśląc, że to pomyłka, że źle powiesił karteczkę. On jednak zaprasza i przeprasza, i prosi, żeby się nim nie przejmować.

To się czasem zdarza. Bardzo tego nie lubię. Muszę się wtedy spieszyć i robić swoje pod okiem gościa. Teraz gość staje się gospodarzem, a ja gościem. Wieczny porządek zostaje postawiony na głowie. Moje sprzątanie nie jest już wszechwładne, niewiele znaczy. Pokoje nie są obliczone na sprzątającego i gościa — przeszkadzamy sobie nawzajem. Muszę szybko i zgrabnie prześcielić ogromne, dwuosobowe łóżko, które w tym celu trzeba odsunąć od ściany. Jest mało miejsca. Facet, który siedzi przy komputerze, jest wystarczającą przeszkodą w sprawnym ścieleniu. Już wiem, że go nie lubię. Jest przerażająco żywy.

Najpierw ściągam stare prześcieradło i poszewki z czterech poduszek. Kładę pierwsze czyste prześcieradło i żeby je wygładzić, muszę naokoło obejść odsunięte łóżko. Czuję, że mężczyzna mnie obserwuje. Nie mam odwagi spojrzeć na niego, żeby nie spotkać jego wzroku. Musiałabym się uśmiechnąć, on by o coś zapytał, musiałabym odpowiedzieć. Staram się być cicho, nie szeleścić. Teraz kładę drugie prześcieradło i przeciskam się między meblami, podkładając pod materac jego brzegi. Kiedy przechodzę koło wyciągniętych nóg mężczyzny, cała spinam się, żeby ich nie musnąć, i spieszę się, bardzo się spieszę. Facet już teraz jawnie na mnie patrzy. Czuję to. Te jego wyciągnięte nogi są prowokacją, przeszkadzają mi i onieśmielają. Z pośpiechu i przejęcia robi mi się gorąco. Napięte mięśnie łydek bolą, kiedy podnoszę ciężki materac. Teraz oblekam poduszki w czyste poszewki. Coś mi nie wychodzi, poduszka wysuwa mi się z rąk, spada na podłogę. Potykam się o nią i tracę równowagę. Osuwam się prosto w spojrzenie zaciekawionych oczu.

— Jesteś Hiszpanką? — pyta.

— Och nie, nie.

— Żydówką?

Zaprzeczam.

— A skąd jesteś?

Odpowiadam, a on wygląda na rozczarowanego. Układam poduszki i biorę się za kapę. On patrzy z zainteresowaniem, jak męczę się z położeniem ciężkiej narzuty. Znowu jestem koło niego. Teraz tyłem. Kiedy układam poduszki, czuję jego wzrok na moich łydkach. Przesuwam się pod ścianę i chowam nogi za łóżko. Nagle robi mi się wstyd za moje płaskie czarne pantofle i mimowolnie staję na palcach. I zaraz żałuję, że jestem w tym nieładnym, nietwarzowym mundurku z fartuszkiem i kluczami u pasa, a nie w jednej z tych eleganckich sukienek, które widziałam u Amerykanów. Czuję się nieświeża, mokra od potu, zmęczona. Wiem, że teraz mężczyzna przy komputerze przygląda mi się bezczelnie. Jego wzrok dotyka mnie gdzieś w okolicach kołnierzyka, zamka błyskawicznego, ale ja już jestem po drugiej stronie łóżka. Jeszcze raz powinnam przejść koło niego i położyć małe poduszeczki, ale znowu musiałabym stanąć tyłem do tego drapieżnego wzroku, więc rzucam po prostu poduszeczki na łóżko. Kucając po brudną pościel, pościel tego faceta, który na mnie patrzy, czuję, że moje ciało napęczniało i chce wyskoczyć z mundurka. Czy miałabym się tłumaczyć? I jakim tonem, językiem, dlaczego? Wycofuję się do drzwi ze spuszczonym wzrokiem. Zabieram pudełko z moimi płynami, gąbkami i jestem przy drzwiach.

— Dziękuję bardzo — mówię i wiem, że wcale nie mam za co dziękować. To on powinien ukłonić się szarmancko i pocałować mnie w rękę. A ja dygnęłabym czy coś w tym rodzaju.

Widzę, jak facet rozgrzeszająco kiwa głową, i w tym jego ledwie zaznaczonym uśmiechu jest coś takiego, że z ulgą dotykam klamki.

— Do zobaczenia — mówi, ale ja nie chcę go widzieć nigdy więcej.

Jestem już za drzwiami.

Stoję jeszcze chwilę i nadsłuchuję. Cała jestem zgrzana, bolą mnie nogi, mięśnie drżą ze zmęczenia. Tak się spieszyłam, że zaoszczędziłam mnóstwo czasu. Dobrze byłoby więc ochłonąć na dole.

Zostawiam pudełko pod ścianą i idę na trzecie piętro, tam gdzie jest małe przejście na squar, krętą, boczną klatkę schodową i gdzie zaczyna się

Tajemnicza część Hotelu

dla stałych gości. Schodzę po kilku schodkach, mijam jedne i drugie drzwi i wreszcie staję przed barierką głębokiej na trzy piętra klatki schodowej. Patrzę w dół i widzę stąd parter. I — jak zwykle — nikogo.

Tylko półmrok i spokój. Tak się najlepiej odpoczywa, patrząc w dół, gdzie wszystko staje się coraz mniejsze i odleglejsze, mniej wyraźne i zwodnicze.

Squar to naprawdę najbardziej tajemnicza część Hotelu. Trzeba być bardzo bystrym, żeby tu nie zabłądzić. Same schodki, przejścia, półpiętra i zakręty. Jest to rodzaj wieży z przyległościami, na którą składają się trzy kondygnacje, na każdej zaś z nich są dwa pokoje z numerem zaczynającym się od siedem. Wiem, że w sumie jest tam osiem pokoi, ale nie potrafię sobie wyobrazić, w jakich zakamarkach znajdują się te dwa pozostałe. Może zamieszkują je mizantropi albo niewygodne żony, niebezpieczni bracia bliźniacy, mroczne kochanki. Może wynajmuje je mafia do nielegalnych transakcji albo głowy państw, żeby tu, w zamknięciu spiralnej przestrzeni, pobyć kimś zwyczajnym.

Na squarze pokoje wyglądają inaczej, to właściwie apartamenty. Są może mniej eleganckie, albo może eleganckie w zupełnie innym stylu. Szafy ukryte w ścianach, werandy, dziwaczne meble i sztuczne książki. Całe półki zastawione sztucznymi książkami: Szekspir, Dante, Donne, Walter Scott. Gdy wziąć taką do ręki, okaże się, że to tekturowe puste pudełeczko udające okładkę. Biblioteki pustki.

Kiedy schodzi się squarem do toalet dla personelu na dole, trzeba być bardzo uważnym, żeby nie zabłądzić. Zdarzało mi się to na początku. Otwierałam znajome drzwi, ale one nie prowadziły tam, gdzie powinny, zostawiałam pudełko z przyborami na jakichś schodach, ale potem nie umiałam go znaleźć. Podziwiałam wiszące na ścianach reprodukcje martwych natur, a potem myślałam, że mi się śniły. Tu dzieje się coś dziwnego z przestrzenią. Przestrzeń nie lubi spiralnych schodów, kominów i studni. Ma wtedy tendencję do degenerowania się w labirynty. Najlepiej trzymać się barierki studni, tak jak ja teraz. Nie patrzeć w dół ani do góry, lecz tylko przed siebie.

Nagle przyłapuje mnie jakiś dźwięk, gdzieś niżej dzieje się coś, co brzmi podejrzanie rytmicznie — puff, puff i skrzypnięcie. Schodzę na palcach piętro niżej, napięta jak kot. Stęknięcie, skrzypienie, stęknięcie, skrzypienie. Co to jest? Zbliżam się do drzwi, które wyglądają jak wszystkie drzwi w Hotelu. Tylko w szparze przy podłodze widzę metalowe klamerki i wyraźniej słyszę te dziwne dźwięki i do tego sapanie. Ostrożnie przykładam ucho do drzwi i teraz sapanie robi się coraz szybsze, gwałtowniejsze, a skrzypienie przeraźliwsze. Odskakuję przerażona, robi mi się gorąco, brzękają klucze u pasa.

Z tamtej strony wszystko ustaje. Cichutko wbiegam na schody i piętro wyżej podchodzę do barierki. Pstrykają odpinane klamerki, drzwi pokoju uchylają się i mężczyzna w samych majtkach wystawia głowę na korytarz. W ręku trzyma jakieś pełne sprężyn urządzenie, coś jak skomplikowany ekspander. Cofam się szybko pod ścianę. Trudno mi uspokoić rozhuśtaną wyobraźnię.

Schodzę po ciemnych krętych schodach do piwnic, gdzie znajdują się nasze toalety. Jest tutaj jasno od wulgarnych jarzeniówek. Dopadam ubikacji i zamykam za sobą drzwi. Chlapię się zimną wodą, myję twarz i ręce, ale to nie daje ochłody. Siadam na sedesie. Nie dochodzi tu żaden dźwięk. Sterylnie, cicho, bezpiecznie. Szczegółowo i w skupieniu oglądam proszek do mycia sanitariatów, papierowe ręczniki, wielką belę papieru toaletowego i pisane ręką Miss Lang ogłoszenia — Krótką Historię Cywilizowania Personelu.

Najpierw Miss Lang napisała: „Jak myślisz, dlaczego Hotel sprowadza torebki jednorazowego użytku?" i podpis: „Miss Lang". Lecz prawdopodobnie żadna z dziewcząt nie potrafiła odpowiedzieć na to pytanie, bo pod spodem jest następna kartka: „Czy mogłabyś używać papierowych torebek do pozbycia się wszelkich zużytych środków opatrunkowych?". Ale i ta prośba nie dała rezultatu, bo niżej czerwonym atramentem Miss Lang dopisała kategorycznie: „Proszę nie wrzucać podpasek i tamponów do muszli!".

Siedzę jeszcze przez chwilę i kontempluję kształt każdej litery. Potem spuszczam wodę, poprawiam włosy i ruszam na moje piętro, bo przecież został mi jeszcze jeden pokój,

Ostatni pokój

Jest już po drugiej i zaczął się ruch. Oficjalna winda jeździ w górę i w dół, trzaskają zamykane i otwierane drzwi. Goście wybierają się do miasta, żołądki domagają się lunchu. Angelo od Brudnej Bielizny rozgościł się w mojej kanciapie i zbiera pościel do swoich worów.

— Ile ci jeszcze zostało? — pyta.

— Jeden — mówię i po raz kolejny widzę, że miejscem Angela nie powinien być nawet tak elegancki Hotel jak ten, ale „Pieśń nad Pieśniami". Tam mógłby sobie chodzić, skacząc po górach, i byłby jak jelonek młody. Angelo bowiem jest piękny i okazały jak góry w jego Libanie.

Kiwa głową i pokazuje mi, że z pokoju 228 wychodzi para staruszków. Widziałam ich już kiedyś w drodze do windy. On jest wysoki i siwy, lekko przygarbiony i trzyma się lepiej niż ona. Może jest młodszy, a może zawarł jakiś pakt z czasem. Ona — maleńka, wysuszona, rozdygotana, ledwie chodzi.

— To Szwedzi. Ona przyjechała tu umrzeć — mówi Angelo, a on wie wszystko.

Angelo chyba żartuje, ale kiedy patrzę za nimi, widzę, że ten starzec więcej niż ją podtrzymuje, on ją prawie niesie. Gdyby się odsunął, upadłaby na ziemię, jak pusta sukienka. Ubrani są zawsze w beże i pastelowe brązy, kolory Hotelu. Oboje są zupełnie siwi tym rodzajem siwizny, która zapomniała już wszystkie grzechy.

Gdy znikają w windzie, wchodzę do ich pokoju. Lubię sprzątać ten pokój. Nie ma tu wiele do roboty: rzeczy stoją na swoich miejscach, jak wrośnięte korzeniami. W powietrzu nie ma złych snów, sapań, podniecenia. Lekko wgniecione poduszki świadczą o spokojnym śnie. W łazience porządnie powieszone ręczniki, ułożone szczoteczki do zębów, wymyte kubki podwójnie odbijają się w lustrze. Podstawowe kosmetyki — to zwyczajny krem, płyn do płukania ust, dyskretne perfumy i woda toaletowa. Kiedy ścielę łóżko, uderza mnie brak konkretnego zapachu. Tak pachną dzieci. Ich skóra sama z siebie nie wydziela żadnych woni, łapie tylko i zatrzymuje zapachy z zewnątrz: powietrza, wiatru, trawy rozgniecionej łokciem i cudowny, słony zapach słońca. Tak właśnie pachnie ta pościel. Kiedy się śpi bez grzechu, bez dalekosiężnych planów, bez buntu i rozpaczy, kiedy skóra staje się coraz cieńsza, bardziej papierowa, kiedy z ciała powolutku ucieka życie, jak z dziwacznej gumowej zabawki, kiedy widzi się przeszłość raz na zawsze dokonaną i zamkniętą, kiedy w nocy zaczyna się śnić Bóg, wtedy ciało przestaje zaznaczać świat swoim zapachem. Skóra przyjmuje zapachy z zewnątrz i smakuje je po raz ostatni.

Na stoliku obok łóżka leżą koło siebie dwie książki. Nadsłuchuję, czy nikt nie kręci się po korytarzu, i robię coś, czego mi nie wolno zrobić. Otwieram pierwszą z nich, to gruby zeszyt, chyba pamiętnik, bo na każdej stronie jest data, a pod nią drżące, okrągłe pismo w zupełnie niezrozumiałym dla mnie języku. Zeszyt jest zapisany prawie do końca, zostało tylko kilka pustych stron. Druga książka to Biblia po szwedzku. Nie rozumiem nic, a jednak wszystko wydaje mi się znajome. Czerwona wstążka założona jest tam, gdzie zaczyna się Księga Eklezjasty. Przelatuję wzrokiem wiersze i mam wrażenie, że zaczynam rozumieć wszystko. Najpierw znajome stają się pojedyncze słowa, a potem całe zwroty wypływają z pamięci i mieszają się z drukiem. „To, co jest, było już dawno, a to, co będzie, też już jest od dawna; bo Bóg przywraca to, co przeminęło". Najbardziej tajemnicze słowa Świętej Księgi.

Gdy sprzątanie jest już skończone, przysiadam jeszcze na świeżo pościelonym łóżku. Miło jest tak siebie zawiesić na chwilę w istnieniu. Potem patrzę na swoje ręce wytrawione płynami do mycia wanien, na moje wyraźnie już spuchnięte stopy w czarnych pantoflach. Ale moje ciało żyje i wypełnia skórę po brzegi. Wącham rękaw mojego mundurka — pachnie zmęczeniem, potem, życiem.

Z rozmysłem zostawiam trochę tego zapachu w pokoju 228.

Zamykam drzwi i idę do kanciapy. Chowam odkurzacz, pudełko z przyborami, a potem zdejmuję różowo-biały mundurek i przez chwilę stoję naga, bez właściwości. Żeby Przemiana mogła się odbyć w drugą stronę, muszę włożyć kolczyki, kolorową sukienkę, zmierzwić włosy i zrobić makijaż.

Gdy wychodzę na zalaną słońcem ulicę, mijam przebierającego się w bramie Szkota. Kraciasta spódniczka leży na kobzie, a on zapina modne dziurawe dżinsy.

— Wiedziałam, że jesteś fałszywy — mówię.

Uśmiecha się tajemniczo i robi do mnie oko.

1989

Deus ex

D. był prawdziwym geniuszem komputerowym, choć żył z zasiłku. Czasem przyjmował jakieś zlecenia, a wszystko po to, żeby nie musieć wychodzić ze swojego mieszkania, małego zagraconego pokoju i tego miejsca przed ołtarzem klawiatury, gdzie toczyło się całe życie, życie jego i świata.

Zawsze pierwsze wysiadały mu oczy, zaczynały szczypać, łzawić, więc niechętnie wstawał i szedł do okna, za którym ziała głębią ruchliwa, wąska ulica. Unosił się nad nią kurz spieczonej upałami ziemi, zmieszany ze spalinami.

W tej przestrzeni D. prostował, jak skrzydła, zmęczony wzrok. Widział tylko ścianę kamienicy naprzeciwko i prostokąty okien, za którymi poruszał się czasem jakiś cień. W dole przesuwały się wypłowiałe samochody. To mniej więcej widział D., kiedy patrzył przez swoje okno, ale dla D. taki widok miał tę samą konsystencję co sen — rozmazaną, nieciągłą, alogiczną. Jego wzrok nie zatrzymywał się na szczegółach, nie kontemplował kształtu gzymsu ani ludzkiej twarzy po tamtej stronie szyby. D. tylko patrzył.

— To złudzenie, majak — mówiła jego długowłosa żona buddystka, dzieląc się z nim sałatką. W jej głosie była zawsze śpiewna nuta dziecięcych wyliczanek, zwłaszcza gdy zaczynała swoje ulubione zdanie:

— Ja jestem ja, ty jesteś ty...

Zdanie to nie miało końca.

D. zaczynał cokolwiek widzieć, gdy siadał przed ekranem swojego komputera. Miał wtedy przed sobą porządek, nieskończoną harmonię, prostotę dróg, które prowadzą do celu, jasność wyborów, ogromny potencjał myśli. Zaraz za tym doświadczał spokoju, jaki bierze się ze świadomości bycia wolnym. W pewnych granicach. Ale czy można mówić o jakichkolwiek granicach, kiedy tworzy się światy?

Bo D. naprawdę tworzył światy. Zaczął od tworzenia miast, najpierw tych małych, z rynkami pełnymi straganów, potem już wielkich metropolii. Program lepiej się sprawdzał na miastach dużych, tych, których granice niepostrzeżenie wymykają się pamięci. Szczególnie lubił stwarzać miasta nad brzegami mórz, portowe okna na świat, pełne stoczni, doków i dźwigów. Zaczynał zawsze od elektryfikacji terenu, ciągnął sieć wysokiego napięcia i budował bezpieczne elektrownie. Potem stawiał fabryki, zawsze z myślą o ludziach, których niedługo tu wprowadzi. Ludzie muszą mieć pracę. Jego osiedla mieszkaniowe były ładnie położone i ekologiczne. Zdecydowanie wolał budownictwo jednorodzinne, bez żadnej wielkiej płyty. Pamiętał o oczyszczalni ścieków, utylizacji śmieci i tych wszystkich innych koniecznych rzeczach, których brakowało w rozmytym złudzeniu za oknem.

Wewnętrzny czas komputera odliczał miesiące i lata, a mieszkańcy jego miast rozmnażali się i starzeli. Budował im także stadiony i lunaparki ku pocieszeniu serc. Jego miasta rozwijały się i ogromniały. D. przyzwyczaił się już, że w pewnym momencie przedmieścia zaczynały się degenerować, psuły harmonię, musiał na nie zwracać szczególną uwagę. Był to jakiś wewnętrzny proces, nieodłączny od istnienia miasta. Miasta się starzały. Wewnętrzni komputerowi ludzie obdarzeni byli instynktem, który kazał im opuszczać miasta bliskie śmierci. Gdzie wtedy szli? Gdzie indziej, gdzie mogli trwać w zawieszeniu, czekając, aż palce D. przywrócą ich do istnienia.

Zawsze działała ta sama zasada: miasta zostawione samym sobie i sztucznemu, wewnętrznemu czasowi, nie porządkowane, nie naprawiane, degenerowały się i popadały w niszczenie, posłuszne wszechobecnej i nieśmiertelnej entropii. Im więcej czasu i wysiłku poświęcił D. jakiejś strukturze, tym łatwiej ulegała ona rozpadowi. Zatykały się oczyszczalnie, parki zamieniały się w obszary największej przestępczości, stadiony — w więzienia, a plaże — w cmentarze zatrutych ropą ptaków.

Wtedy D., zmęczony i rozczarowany, spuszczał na swoje miasta sztormy, pożary, powodzie, plagi szczurów i szarańczy.

Podczas gdy D. stwarzał, a potem — ze smutnej konieczności — niszczył swoje miasta, jego żona uprawiała w sąsiednim pokoju nie kończące się medytacje, przerywane tylko od czasu do czasu powolną aktywnością przyrządzania lekkiego posiłku i układaniem rzeczy na swoich miejscach. Każdy jej ruch był praktyką zen w sztuce prowadzenia domu. Czasem stawała za jego plecami i przyglądała się procesowi tworzenia (i niszczenia) miast, ale i wtedy D. słyszał, jak praktykowała oddychanie do brzucha. Wieczorem wychodziła na dwie godziny do pracy. Sprzątała luksusowy sklep pełen godnych pożądania dóbr, na których nawet nie zatrzymywała wzroku. Myła podłogi systematycznie i dogłębnie, praktykując zen w sztuce sprzątania sklepu.

— Kochasz mnie? — słyszał wieczorem jej śpiewny głos, gdy czekała na niego w łóżku.

Naciskał wtedy klawisz ESCAPE i na ekranie pokazywały się dwa okienka TAK i NIE. Klikał TAK i komputer, szemrając, przygotowywał światy do snu.

— Rozkosz nie jest przyjemnością... — zaczynała sennie jego żona, gdy D. szukał na jej ciele klawisza ENTER.

Gdy miasta ostatecznie go znudziły, D. zdobył program, który od dawna bardzo chciał mieć. Nazywał się SemiLife i symulował proces ewolucji.

D. dostawał młodą planetę zalaną pierwotnym oceanem. W praoceanie jak śmieci pływały aminokwasy. Od nich się zaczynało. W tej grze nie było przypadku. Był D.

Teraz całymi dniami łączył aminokwasy w białka, skręcał je w prawo i w lewo, zwiększał i obniżał temperaturę i ciśnienie. Walił w powierzchnię wody błyskawicami. Rozpalony ciekawością, przyspieszał czas. Wieczorem, gdy jego długowłosa żona wyszła do pracy, otrzymał pierwsze jednokomórkowce. W nocy pojawiły się na lądzie pierwsze prymitywne płazy. Rano Ziemią zawładnęły gady. Wiedział, co będzie dalej, i dlatego zniszczył planetę.

— Czy chcesz opuścić SemiLife? TAK/NIE — zapytał komputer.

D. nacisnął TAK i podszedł do okna, za którym majaczyła zatopiona w złudzeniu ulica. D. zobaczył po raz pierwszy, że rozpad drążył miasto-złudzenie za oknem równie skutecznie jak jego miasta. Szare, wychudzone gołębie obsiadły łuszczący się na tynkach gzyms. Nie padało od miesiąca. Żółta chmura spalin parła w niebo jak dusza kogoś, kto właśnie umarł.

— Kochasz mnie? — komputer pytał w jego śnie.

D. zauważył wtedy, że na klawiaturze pojawił się dodatkowy klawisz: NIE WIEM. Gdy go nacisnął, obudził się. Kobieta, która leżała przy nim każdej nocy, miała twarz piękną i spokojną. Jej oczy oglądały doskonałą twarz Pustki.

Tej nocy D. stworzył człowieka. Ale był to człowiek słaby i nijaki. Miał łapy, ptasią twarz i oczy bez źrenic. D. przyglądał się jego chaotycznemu życiu płynącemu w przyspieszonym komputerowym czasie. Życiu wypełnionemu poszukiwaniem jedzenia i wiecznym lękiem. Dlatego D. uznał z żalem, że należy człowieka zniszczyć i zacząć jeszcze raz, od początku. Zesłał więc potop i deszcz ognia, bo nic innego nie przyszło mu do głowy. Jednak to słabe stworzenie jakoś przetrwało i D. męczył się, pełen poczucia winy i żalu. Zrobił sobie kawę i smakował jej gorycz akurat wtedy, gdy bezbarwny świt zaczął wlewać się przez okna do jego pokoju.

Przestał w jakikolwiek sposób interweniować w życie stworzonej przez siebie nijakiej istoty i widział, jak w idący swoimi drogami program wdzierają się fale rozpadu. Ludzie walczyli ze sobą o swoje urojone bogactwa, o mętne idee, o żony, budowle i cmentarze. W czasie kiedy palił papierosa, w wewnętrznym komputerowym świecie wybuchło i wypaliło się kilka wojen. Przez spustoszone połacie Ziemi przetaczały się całe plemiona, wędrowały pozbawione krajów ludy. D. usnął na krześle przed ekranem, a kiedy się obudził, w programie SemiLife nie było już żywych stworzeń.

Płynął pusty czas wspomagany szemraniem komputera.

— Czy chcesz zagrać jeszcze raz? TAK/NIE — zapytał niebiesko ekran.

— NIE.

Przez następny tydzień D. opracowywał nowy program, nową grę, która miała szansę naprawić wszystko. Musiał już na początku pozbyć się tendencji do rozpadu. W tej grze będzie można stworzyć świat od początku, jeszcze raz, bezbłędnie. Nazwał ją SemiUniverse.

W niedzielę zaczął grać po raz pierwszy.

— Zobacz — powiedział do swojej kobiety, która przysiadła na poręczy krzesła z palcami ułożonymi w lecznicze mudry — oto jest Nic, które zawiera nieskończoną liczbę wymiarów wszystkiego.

I czekali cały dzień i całą noc, ale Nic nie chciało się rozwijać, było bowiem doskonałe. D. podchodził do okna i patrzył z wysokości na osowiałe od spalin i pragnienia gołębie.

— Nic nie rób — powiedziała jego żona i spojrzała na niego spod przymkniętych powiek. — Tak jest dobrze, niech tak trwa.

— Jesteś pewien, że nie chcesz oddzielić Światła od Ciemności?

— TAK/NIE — zapytał komputer.

— I TAK, i NIE — odpowiedział D.

Zobaczyli teraz wielki wybuch. Byli świadkami wyłaniania się z pierwotnej Całości czterech wielkich sił. Widzieli, jak powstawał czas, który w swym zalążku wyglądał niczym kropla trucizny. Współczuli przestrzeni rozrywanej wybuchem, a z jej gniewu brała się materia i zwijała się zaraz w ogniste kule ziejące złością.

I zobaczył D., że nic nie było dobre, więc wstał i wyjrzał przez okno, gdzie usychający z pragnienia świat czekał na deszcz.

Spis treści

Opieka redakcyjna
Waldemar Popek

Projekt okładki i stron tytułowych
manufaktura | manufaktu-ar.com

Na okładce wykorzystano rycinę
z *La médication par l'exercice* (1904)
Fernanda Lagrange'a

Książkę wydrukowano na papierze Creamy 80 g vol. 2,0
dystrybuowanym przez ZiNG

Wydanie drugie
Printed in Poland
Wydawnictwo Literackie Sp. z o.o., 2020
ul. Długa 1, 31-147 Kraków
bezpłatna linia informacyjna: 800 42 10 40
księgarnia internetowa: www.wydawnictwoliterackie.pl
e-mail: ksiegarnia@wydawnictwoliterackie.pl
fax: (+48-12) 430 00 96
tel.: (+48-12) 619 27 70
Skład i łamanie: Infomarket
Druk i oprawa: WZDZ — Drukarnia Lega, Opole

ISBN 978-83-08-06091-9